AF306032

SOUVENIR
de mon
ASCENSION
à la
TOUR EIFFEL
Le 14 AOUT. 1889
8°Z
PARIS
LE SENNE
L. WARNIER, Editeur,
10.428
48, Rue Laffitte, 48
L'URBAINE INCENDIE
L'URBAINE VIE

Compagnie Coloniale

ÉTABLISSEMENT SPÉCIAL POUR LA FABRICATION DES

CHOCOLATS

DE QUALITÉ SUPÉRIEURE

Tous les CHOCOLATS de la Cie Coloniale, *sans exception*, sont composés de matières premières de choix ; ils sont exempts de tout mélange, de toute addition de substances étrangères, et préparés avec des soins inusités jusqu'à ce jour.

CHOCOLAT DE SANTÉ		CHOCOLAT DE POCHE		
Le 1/2 kilog.		et de voyage		
		en boîtes cachetées		
BON ORDINAIRE......	2 50	SUPERFIN..... 250 gr.	2	25
FIN....................	3 »	EXTRA........	d°... 2	50
SUPERFIN............	3 50	EXTRA SUPÉR'	d°... 3	»
EXTRA	4 »			

ENTREPÔT *général* à PARIS

Avenue de l'Opéra, 19

DANS TOUTES LES VILLES

Chez les principaux Commerçants

PLUS de MAUX de DENTS!

Par l'emploi de l'Élixir Dentifrice

DES

RR.PP.BÉNÉDICTINS

de l'ABBAYE de SOULAC (Gironde)

DOM MAGUELONNE, Prieur

Le Meilleur
CURATIF
ET LE
Seul
PRÉSERVATIF
DES
Affections
DENTAIRES

ELIXIR DENTIFRICE
DES RR. PP. BÉNÉDICTINS
1373

INVENTÉ
en l'An
1373
PAR LE
PRIEUR
Pierre BOURSAUD

EXTRAIT DE LA NOTICE

La Formule de **PIERRE BOURSAUD** et ses procédés primitifs sont scrupuleusement respectés. Cet **Elixir** de nos Pères jouit des plus précieuses propriétés. Il prévient la carie des dents, qu'il blanchit et consolide. Il chasse le sang des gencives, qu'il tonifie et raffermit, et en dissipe ainsi tout gonflement. Il purifie l'haleine et assainit parfaitement la bouche, à laquelle il laisse une délicieuse et durable fraicheur. Il prévient et guérit les maux de gorge, les enrouements, les inflammations, les aphtes et irritations de toutes sortes. En un mot, l'usage journalier de l'**Elixir** des **RR. PP. Bénédictins** assure la santé perpétuelle de la **Bouche** et de la **Gorge**. Comme on le voit, le spécifique cinq fois séculaire de nos Révérends Pères n'a rien de commun avec les produits seulement agréables répandus dans le commerce : il s'en

distingue
autant par
ses
vertus
préventi-
ves que par
son
action
curative,
énergique
rapide
et sûre.

Vu et approuvé :
Le Prieur.
dom Maguelonne
Bén. olir.

Elixir 2, 4 et 8 fr. Poudre 1.25, 2 et 3 fr.
Pâte 2 fr.

Envoi franco par poste du flacon de 2f contre 2f50 t. p. ou mandat.

AGENT GÉNÉRAL : **SEGUIN,** *Bordeaux.*

VÉLOCIPÈDES MILITAIRES
Admis aux Grandes Manœuvres
MÉDAILLES A TOUTES LES EXPOSITIONS
TRICYCLES
Prix : 500 fr.
SOCIÉTÉ PARISIENNE
DE CONSTRUCTION VÉLOCIPÉDIQUE
PARIS
10
AVENUE DE LA GRANDE-ARMÉE
BICYCLETTES
Prix : 350 fr.

SOUVENIR

DE

MON ASCENSION

A

LA TOUR EIFFEL

EN VENTE A LA TOUR EIFFEL

Prix : **10** *centimes*

PARIS

L. WARNIER, LIBRAIRE-ÉDITEUR

48, rue Laffitte, 48

1889

DANS TOUS LES BUREAUX DE TABAC
PAPIER à CIGARETTES
LES
DERNIÈRES
CARTOUCHES
PAPIER à CIGARETTES
SE VEND GOMMÉ OU NON GOMMÉ

SOUVENIR DE MON ASCENSION

A LA TOUR EIFFEL

EN arrivant à Paris, notre première idée fut d'aller visiter la Tour, — je n'ai pas besoin de vous dire laquelle, n'est-ce pas ? — Et bien entendu, il s'agissait, pour la bande joyeuse, de monter ni plus ni moins que Mme Malb'rough, si haut qu'elle pût monter. Pendant tout le voyage, on n'avait pas parlé d'autre chose ; les enfants n'en dormaient plus. Tant mieux ! m'étais-je dit, voyant que tout le monde avait la même coqueluche, si cela pouvait donc faire oublier la politique !

Le lendemain même de notre arrivée, nous partons de bonne heure par un beau soleil ; inutile de demander de quel côté est la Tour... on la voit de partout. C'est le cas, ou jamais, de dire : tout chemin mène à Rome ! D'ailleurs, tous les cochers vous crient : bourgeois, à la Tour ?

Quel joli parcours ! nous suivons les boulevards

la place de la Concorde, le Cours-la-Reine... Enfin, nous y voilà !... Quelle foule ! Mais comme le service est bien organisé ! Pas la moindre cohue. Un employé très poli s'empresse vers notre groupe, — il a l'air de ne voir que nous... est-ce qu'il nous espérait ?... — « Ne vous pressez pas ! Vous avez quatre ascenseurs : un à chaque pilier ; vous n'attendrez pas une minute ! » Et en disant cela, il offre à chacun de nous un petit livret très élégant, sur la couverture duquel je lis : *Souvenir de mon ascension à la Tour Eiffel, le...* Pas moyen d'oublier la date : elle y est, la voilà inscrite d'avance ! — Déjà ! s'écrie-t-on autour de moi. — Papa ! comment savaient-ils que nous allions venir ? — Mon enfant, je leur ai téléphoné !... — Tu ne vois donc pas que c'est un contrôle, dit la maman, et que la date est imprimée, chaque jour, à l'aide d'un composteur ?

Je parcours mon livret, et je vois qu'il contient différents chapitres, et à la suite quelques pages en blanc, — sans doute pour mes notes. — Comment, on ne les a pas mises d'avance ?... Voici une foule de renseignements très utiles, et entre autres... A la bonne heure, il ne manquait plus que cela ! Voilà mes notes sur la tour de trois cents mètres : NOTES, etc., contenant tout ce qui concerne sa construction, ses fondations, sa solidité, sa forme, ses ascenseurs, ce qu'elle a coûté, à quoi elle sert, ce qu'on trouve à chaque étage, etc., etc. Mais nous voici au pied de l'ascenseur... Je lirai cela plus tard !

Nous entrons dans une cabine fort élégante, ma foi ! garnie tout autour de sièges très confortables, sur lesquels les enfants s'empressent de grimper. Cent personnes peuvent y tenir, sans se gêner ; il paraît que nous sommes au complet : un signal imperceptible et nous montons. Un guide en uniforme nous accompagne ; en voyant la tour brodée sur sa casquette, nous devinons qu'il est du bâtiment. — Combien dure l'ascension ? lui demande-t-on. — Un peu plus d'un quart-d'heure, à cause des stations aux différents étages, mais si le temps vous paraît trop long, vous pouvez l'abréger ; — et il nous fait imaginer, à l'extérieur, une mire verticale qui s'étend tout le long de la cage de l'ascenseur. Sur cette échelle fixe sont marquées, de mètre en mètre, les hauteurs parcourues successivement, et de distance en distance, des indications très lisibles, en blanc sur bleu, permettent de comparer l'élévation à laquelle on se trouve avec celle des principaux monuments connus, ou des points culminants qui nous environnent.

Ceux qui préfèrent se distraire en regardant le paysage, au travers du treillis, ne perdent rien pour cela : quelqu'un lit à haute voix les indications de l'échelle, à mesure qu'elle s'enfonce sous nos pieds. C'est ainsi qu'on s'instruit en voyageant, et même en s'amusant, car les réflexions de l'inévitable loustic complètent notre instruction d'une façon toute gratuite, obligatoire, hélas ! et tout ce qu'il y a de plus laïque.

A peine en route, nous sommes à onze mètres : — Mesdames et Messieurs, s'écrie-t-il, nous voici arrivés ! Nous sommes à la limite de l'ascension... de l'eau dans les pompes. La nature, disait plaisamment Galilée, n'a horreur du vide que jusqu'à ce point culminant ! (1).

20 mètres : Hauteur maxima des maisons du nouveau Paris pour les rues qui n'ont pas plus de vingt mètres de largeur.

27 mètres : Hauteur de la plate-forme de l'Observatoire national. — « *Ladies and gentlemen* », nous voici de plain-pied avec la terrasse de ce monument disgracieux qui, de loin, comme vous le voyez, a l'air d'une épinette à engraisser des astronomes. Nous sommes au niveau de M. Leverrier quand il cherchait sa planète.

40 mètres : Hauteur de Berlin au-dessus du niveau de la mer... Passons ! Messieurs, nous sommes tous bien élevés... Soyons à la hauteur de la situation !

43 mètres : Hauteur de la colonne Vendôme. —

(1) Les détails sont fantaisistes, mais les mesures de hauteur sont parfaitement exactes. (*Note de l'éditeur*).

Office des BREVETS d'INVENTION (fondé en 1866)

Nous voici aux pieds du géant des temps modernes, qui a exécuté ses plans de campagnes, comme M. Eiffel celui de la Tour !... sans changer une étape ! Saluons !

46 mètres : Bartholdi ! hauteur de la statue de la Liberté, qui éclaire le monde et la rade de New-York, dont l'ossature toute en fer a été construite par M. Eiffel. Montons au Capitole ! Nous passons à sa hauteur au-dessus du niveau de l'Océan.

47 mètres : Nous sommes sur le même pied que le Génie de la Bastille, qui s'élance dans les airs, du haut de la colonne de Juillet.

66 mètres : Nous voici à la hauteur des tours de Notre-Dame, cathédrale de Paris qui a donné son nom à un roman de Victor Hugo, si connu par sa célébrité.

73 mètres : La mâture d'un vaisseau français de 120 canons, ancien modèle ; ce n'est pas sa hauteur au-dessus du plancher des vaches, c'est sa hauteur au-dessus de la quille. Avec cette donnée, sachant que le navire n'a plus que pour dix-huit jours de vivres, qu'il arrive des colonies et se trouve en vue de Marseille, on peut calculer l'âge du capitaine...! Il est clair qu'il approche de la *quarantaine !*...

79 mètres : Nous atteignons le sommet du Panthéon que vous apercevez là-bas... achevé par

Soufflot en 1764, et célèbre par ce quatrain rococo :

> Salut ! monument gigantesque
> De la valeur et des beaux-arts !
> D'une teinte chevaleresque
> Toi seul colores nos remparts !

90 mètres : Nous touchons, par la pensée, aux derniers rameaux d'un Eucalyptus, arbre gigantesque, qui fleurit en Australie, son pays natal, et que l'on pourra voir d'ici, — *avec un ponne lorgnette !* — quand on aura percé l'isthme qui nous sépare des antipodes.

93 mètres : altitude de Parme, ville d'Italie, célèbre par ses violettes, qui viennent de Nice, et sa Chartreuse, chef-d'œuvre de goût, distillée par Stendhal... Se méfier des contrefaçons !

100 mètres : le *Wellingtonia,* ou *Sequoia gigantea* dépasse, dit-on, cette hauteur en Californie, son pays d'origine, où tout prend des proportions fantastiques ; sa forme cônique et gracieuse imite celle de la Tour Eiffel, au dire des géographes.

105 mètres : hauteur de la flèche des Invalides au-dessus du pavé : c'est ce monument que vous voyez devant vous, un peu à droite, et qui est doré sur toutes les coutures, comme le *dôme* d'un chambellan. La plus haute cheminée d'usine près de Lille n'a que 105 mètres.

107 mètres : hauteur de la tour des Asinelli, à Bologne. Beaucoup plus basse que celle où nous montons : elle rachète sa bassesse par son antiquité.

109 mètres : hauteur du dôme de Milan au-dessus de la place de même nom.

110 mètres : hauteur de la tour de Saint-Paul, de Londres, toujours moins haute que la tour de fer, mais elle est Anglaise...

119 mètres : hauteur de la tour de Saint-Pierre, à Hambourg. Pourquoi, hélas ! n'est-elle pas connue familièrement de MM. les militaires en uniforme ?... (*Voir à 130 mètres.*)

120 mètres : hauteur de la flèche de la cathédrale d'Anvers, — en Belgique, pour une fois, savez-vous?

122 mètres : élévation, au-dessus de la vallée de la Truyère, du grand viaduc de Garabit, construit par M. Eiffel.

130 mètres : hauteur de la tour de Saint-Michel, à Hambourg, si familière à tous ceux d'entre vous qui sont *en bourgeois.*

132 mètres : hauteur de la coupole de Saint-Pierre de Rome, au-dessus de la place.

138 mètres : hauteur de la tour de Saint-Etienne, à Vienne, en Autriche qu'il ne faut pas confondre avec le Dauphiné.

142 mètres : hauteur de la flèche de la cathédrale de S..., patrie de Kléber; ne la nommons pas, mais pensons-y toujours !

146 mètres : nous voici parvenus à une hauteur pyramidale, qui a donné son nom à l'une des sept merveilles du monde... Nous allons pouvoir contempler, — *à notre tour,* — les quarante siècles qui ont contemplé l'armée d'Egypte à la bataille des Pyramides !

150 mètres : hauteur de la flèche de la cathédrale de Rouen (Seine-Inférieure)... à ce que vous allez voir !

159 mètres : hauteur de la flèche de la cathédrale de Cologne, ville d'eaux, célèbre par ses sources balsamiques.

170 mètres : enfin nous dépassons le plus haut monument du monde; c'est le grand obélisque de Washington, il n'a que 169^m,25; construit en maçonnerie, il est carré et très laid du haut en bas. Commencé en 1848, il n'a été inauguré qu'en 1885; on a donc mis trente-sept ans à le construire, et il n'est pas fini. Il coûtera plus de sept millions de francs.... Pour une cheminée d'usine, c'est cher ! Maigre comme l'Aiguille de Cléopâtre, et l'obélisque de Louqsor ensemble, il n'a pas, comme ces illustres monolithes, l'excuse d'être d'une seule pièce; mais il se relève par son ascenseur, etc., etc.

Je vous fais grâce des facéties sur les points culminants des environs : Trocadéro, Mont-Valérien, Sacré-Cœur, Moulin d'Orgemont, etc. D'ailleurs, on commence à être tellement émerveillé par la splendeur croissante du spectacle, que l'on n'écoute plus rien. Toute l'attention se porte au dehors, où le regard plonge au delà des collines qui nous entourent, et découvre à chaque instant des horizons nouveaux.

Enfin ! nous voici au sommet de la Tour : la volière, je veux dire la cabine, s'ouvre de plain-pied au niveau d'une belle coupole vitrée, formant avec le balcon qui l'entoure une surface carrée de 18 mètres de côté. Toute la société, comme une volée d'oiseaux, s'échappe en un clin d'œil, et se répand de tous côtés, en poussant des cris d'admiration à la vue du splendide panorama de trente lieues d'étendue qui s'offre à ses regards. On nous montre les villes environnantes, que l'on distingue parfaitement : voici Rambouillet, Etampes, Mantes, Chantilly, Meaux, Melun, Fontainebleau, etc. Avec une longue vue, nous lisons une enseigne à Pontoise...

Que c'est beau ! Quel magnifique spectacle ! Quel air pur, et vif ! Comme on respire à pleins poumons ! On ne sent plus les odeurs de Paris ! L'atmosphère semble plus légère et comme parfumée, tant elle est suave et douce ! On se sent revivre dans ce délicieux bain d'air ; il ressusciterait un moribond, etc.

Mais on dirait qu'on devient un peu sourd. — Il me semble qu'il faut parler plus haut pour s'entendre... Voilà qui nous donne une fière idée de la tour de Babel : il faut croire qu'elle était déjà bien plus élevée puisqu'on ne s'entendait plus du tout !...

Qui est-ce qui a le vertige ? — Personne ne dit mot... — On racontait qu'une tour de 300 mètres serait nécessairement un château-branlant, qu'on ne pourrait pas se tenir au sommet, qu'il serait dangereux d'y monter, qu'au moindre vent on serait tellement balancé qu'on aurait le mal de mer !... Que sais-je encore ? Il fait une jolie brise, et l'on ne sent pas l'ombre d'un mouvement ! Oui ! dit-on autour de nous, mais par un grand vent ?... — Par un grand vent, reprend le guide, l'oscillation ne dépassera pas quinze centimètres, et sera tellement lente qu'à moins de prendre, sur le même rayon visuel, deux points de repère, bien au dessous de l'horizon, on ne pourra pas s'en apercevoir. Pendant les tempêtes, les intrépides pourront, comme d'habitude, monter au dernier étage de la tour. — Ce sera curieux, dit une jeune Anglaise, vraiment curieux de traverser les nuages, et de voir le tonnerre tomber à nos pieds, comme aux Pyrénées ; on courrait moins de danger que si l'orage éclatait au-dessus de nos têtes. Du reste, il n'y a de danger nulle part dans le voisinage de la tour, puisqu'elle sert de paratonnerre...

Nous reprîmes à regret l'ascenseur et nous descendîmes comme nous étions montés, sans fatigue et sans secousses; seulement la traversée, quoique moins gaie, nous parut plus courte, plongés que nous étions dans nos réflexions et nos souvenirs, qui nous maintenaient sous le charme des sensations inoubliables que nous venions d'éprouver.

Rentré à la maison, je m'empressai de fixer mes idées et de les compléter, en lisant ce qui concernait la tour de 300 mètres, dans le petit livret qu'on m'avait remis le matin, en souvenir de mon ascension.

E. R.

(Août 1888).

NOTES SUR LA TOUR EIFFEL

N présence de cette tour de 300 mètres, le plus prodigieux monument du monde, le public se demande quelle peut être son utilité ? — Quelle est sa raison d'être ? — Est-elle bien solide ? — L'ascension sera-t-elle facile, et pourra-t-elle se faire dans des conditions de sécurité absolue ? — Pourquoi cette forme et non une autre ? — Comment a-t-on pu parvenir à l'achever ? etc.

Bref, on se pose une foule de questions auxquelles nous allons essayer de répondre de notre mieux. Nos renseignements ont été puisés à la source même, et nous garantissons leur exactitude.

D'abord, comment a pu naître l'idée de construire cette tour de 300 mètres ?

L'idée de cette construction gigantesque est venue tout simplement en étudiant les conditions et les éléments d'exécution des hautes piles de viaduc, celui de Garabit, par exemple.

Ce n est pas seulement un tour de force, un mor-
eeau de maître avec accumulation pyramidale de
difficultés vaincues, une simple curiosité, et comme
on l'a dit assez dédaigneusement : « une espèce de
mouton à cinq pattes ! » — ce qui, par parenthèse,
ne serait nullement déplacé dans une Exposition
universelle où l'on cherche à réunir tous les genres
d'attraction et toutes les sources de recettes.

C'est surtout un spécimen grandiose de l'art des
constructions métalliques à la fin du XIXe siècle, le
type le plus achevé des ouvrages entrepris par le
grand ingénieur, et la synthèse des procédés qu'il
emploie ; c'est en même temps un modèle des travaux cyclopéens que peut exécuter sa maison, et en
quelque sorte la note la plus élevée de son registre
métallique.

Plût à Dieu que chacun des exposants, rivalisant
de zèle, ait donné aussi le maximum de l'effort qu'il
peut faire dans sa spécialité, son coup le plus vi-
goureux, sa pesée la plus énergique sur ce grand
dynamomètre du travail national qu'on appelle l'Exposition de 1889 ! Quel mirifique spectacle, et quelle
pluie d'or dans l'escarcelle de la France !

Ceux qui connaissaient les travaux énormes par
lesquels M. Eiffel a préludé à la construction de sa
tour ne pouvaient éprouver ni inquiétude, ni sur-
prise devant son colossal projet. Aujourd'hui que
ce projet est victorieusement réalisé, il paraîtra

simple comme un jouet d'enfant, surtout si on le
compare aux magnifiques ouvrages exécutés depuis
vingt ans sous sa direction.

Nous avons devant les yeux la liste de ces travaux :
elle est tellement considérable qu'il nous est impossible de la faire entrer dans notre cadre. Nous
n'essaierons même pas d'en donner une idée. Nous
nous bornerons à indiquer le recueil auquel nous
renvoyons pour ces documents, car nous avons à
cœur de justifier l'expression de *jouet d'enfant* qui,
appliquée à une tour de 300 mètres, pourrait pa-
raître singulièrement hasardée.

Pour mémoire, nous mentionnerons seulement
les écluses du canal de Panama, dont tout le monde
a pu admirer l'ingénieux système au Champ-de-
Mars.

Dans la 353e livraison d'une revue bien connue :
les Grandes Usines de Turgan on trouve exposée
d'une manière succinte l'appréciation des travaux,
des inventions et des progrès réalisés par M. Eiffel,
comme ingénieur et comme constructeur. Au sujet
de la tour, on peut consulter avec fruit son mémoire
et ses communications à la Société des Ingénieurs
civils, ainsi que les articles publiés dans *la Nature*
et dans le *Journal de la Jeunesse.*

M. Eiffel est, dans la plus haute acception du mot,
ce que l'on appelle en Amérique : le *représentative
man,* le porte-drapeau, l'homme qui caractérise le

mieux son temps et son pays, dans un ordre d'idées ; c'est à la fois une supériorité éclatante et une autorité incontestée comme ingénieur-constructeur.

Nommé chevalier de la Couronne de fer d'Autriche à l'occasion de la construction du pont de Szegedin ; une merveille d'élégance ; Commandeur de l'ordre de la Conception de Portugal, à l'inauguration du pont de Porto sur le Douro ; Commandeur de l'ordre d'Isabelle-la-Catholique, après la construction du pont sur le Tage ; Commandeur de l'ordre royal du Cambodge, pour ses travaux en Cochinchine, et enfin chevalier de l'ordre de François-Joseph d'Autriche, après la construction de la gare de Buda-Pesth, M. Eiffel n'est encore que simple chevalier, dans l'ordre de la Légion d'honneur ; il est vrai qu'il l'est depuis plus de dix ans... (1)

Les récompenses de l'ordre le plus élevé ont été décernées à sa maison à l'occasion de différentes expositions.

Ce n'est ni un rêveur ni un orgueilleux, celui qui a conçu et exécuté cet édifice imposant dont les dimensions font rêver : c'est au contraire un homme très posé, très réfléchi et très modeste, mais en même temps, c'est un Monsieur devant qui Diogène eût positivement éteint sa lanterne.

(1) Depuis que ces lignes ont été écrites (*Août 1888*), M. Eiffel a été nommé officier de la légion d'honneur, le 31 mars 1889, date de l'achèvement de la Tour.

Le mérite est d'autant plus aimable qu'il sait mieux se cacher, et consoler de sa supériorité ceux qui l'entourent ; tout ce que je peux dire, c'est que M. Eiffel est très aimable.

Sa simplicité, son aisance, au milieu des immenses travaux qu'il dirige, font qu'il ne paraît pas seulement s'en occuper. La clarté de ses idées, la sûreté de son jugement frappent l'observateur attentif ; mais, à première vue, on serait presque tenté de lui demander : est-ce bien à M. Eiffel que j'ai l'honneur de parler ? A le voir porter si allègrement le fardeau d'une responsabilité aussi lourde, on éprouve un vrai soulagement et un singulier plaisir.

On ne pense plus qu'à le féliciter, ainsi que ses collaborateurs : MM. E. Nouguier et M. Kœchlin ingénieurs de sa maison, et M. Sauvestre, architecte.

*
* *

Forme de la tour ; — ses dispositions sommaires; sa raison d'être.

Quand on s'enfonce dans une étude quelconque, après avoir quitté le domaine des apparences pour entrer dans celui des réalités, la première chose que l'on rencontre et qui vous frappe : c'est le paradoxe. Ainsi, on s'attendait à trouver un homme soucieux, accablé de travail, succombant sous le poids d'une entreprise au-dessus de ses forces...

tout au contraire, on voit un homme calme, dispos, sûr de lui-même, réussissant avec la plus grande facilité, et sans aucun mécompte : désillusion complète, mais des plus agréables ! Voilà un premier paradoxe. C'est une espèce de parallaxe intellectuelle : vous croyiez trouver un homme préoccupé... il n'y a que vous de préoccupé.

— « L'entreprise est chimérique, le projet est irréalisable ! » criait-on l'an dernier. — « C'est matériellement impossible de monter à 300 mètres ! », disaient des gens du métier... des constructeurs, s'il vous plaît ! On s'attendait à un fiasco pyramidal, c'est un admirable succès ! Autre déception ! Autre paradoxe, qui est devenu une saisissante réalité.

En étudiant de plus près la tour Eiffel, on rencontre d'autres paradoxes que je vais énoncer, sans plus de préambule, au risque de scandaliser quelques lecteurs timorés. Pour ceux qui, comme nous, n'ont pas de parti-pris et qui, en toutes choses, ne recherchent que la vérité et la justice, je les supplie, de ne rien décider avant d'avoir vu les preuves de ce que j'avance, d'ailleurs avec la plus indépendante conviction. N'oublions pas que le paradoxe d'aujourd'hui n'est souvent que la vérité banale de demain.

La tour Eiffel est un *minimum* ; — c'est une œuvre d'art et même un chef-d'œuvre ; — sa forme est élégante et harmonieuse.

*
* *

Pourquoi ces choses et non pas d'autres ? Tel est le problème le plus vaste et le plus intéressant que l'homme puisse se poser, en présence des œuvres de la nature. Toutes les fois qu'on peut le résoudre, on trouve comme solution un *minimum*. Cela veut dire que, non seulement la nature ne fait rien en vain, mais qu'elle suit toujours le plus court chemin pour arriver à son but. Nous ne parlons pas de son but final, mais de son but prochain qu'il est plus facile de connaître.

Si un rayon lumineux, une onde soncre, un corps élastique frappe obliquement une surface plane et polie, la réflexion se fera toujours suivant un angle égal à l'angle d'incidence. — Pourquoi ce chemin plutôt qu'un autre ? — Parce que c'est le plus court d'un point à un autre en passant par le plan réflecteur.

Tout le monde connaît la forme des alvéoles des abeilles : c'est un prisme hexagonal terminé par une pyramide régulière dont les six faces sont inclinées de 60° sur la section normale du prisme. — Pourquoi cette forme plutôt qu'une autre ? — Parce que c'est précisément celle qui permet de renfermer le miel avec le moins de cire possible. Si vous mettez en équation, d'une manière générale, ce problème de la surface *minima* qui puisse envelopper un volume donné, vous trouvez, comme solution la forme des alvéoles des abeilles.

Avec une infinie variété dans ses plans et dans ses constructions, la nature procède toujours ainsi, c'est-à-dire au mieux. Les moyens qu'elle emploie sont toujours les plus simples, eu égard aux données et au but qu'elle se propose. Dans ses œuvres, les leviers sont toujours proportionnés aux forces et réciproquement. Jamais d'ornement inutile, et tout ce qui est utile tourne en ornement. L'ensemble est toujours harmonieux, parce que chaque partie est appropriée à sa fin, et faite exprès pour son milieu. Ce qui ne varie pas : c'est le fini, c'est la perfection, et, sous ce rapport, comme dit Lamartine :

> ... Le brin d'herbe vaut un monde,
> Ils ont autant coûté,

Aussi, les grands artistes, ceux qui nous ont laissé les meilleurs modèles dans tous les genres, n'en ont pas eu d'autre que la nature.

Cela posé, j'avoue que je n'ai pas été médiocrement satisfait de voir que le problème de construire une tour de 300 mètres avait été résolu suivant ces principes, c'est-à-dire au mieux dans l'état actuel de l'art et de la science. — Quelle est la matière choisie ? — Le fer. — Pourquoi cette matière-là plutôt qu'une autre ? Parce que c'est celle qui convient le mieux (1). — Quelle est la quantité de matière

(1) Voir le mémoire de M. Eiffel à la Société des Ingénieurs civils.

employée? — Sept mille tonnes. - Pourquoi cette quantité plutôt qu'une autre? — Parce que c'est un *minimum*; c'est-à-dire qu'il n'y a pas un morceau de fer inutile : tous concourent à la solidité de l'édifice, et cela le plus simplement possible. Cette solidité répond aux hypothèses les plus pessimistes. Elle est donc plus que suffisante; nous dirions presque exagérée, s'il pouvait y avoir exagération en matière de sécurité. Tout a été prévu, calculé avec le soin le plus méticuleux, pour que cette sécurité fût absolue.

*
* *

Passons à la forme, et voyons si M. Eiffel n'a pas été trop modeste en disant : « Toute forme est discutable, celle que j'ai adoptée comme toute autre.»

Si vous approchez une petite boule de cire ou de mie de pain de la bouche d'un enfant nouveau-né, cette boule, pétrie par les efforts qu'il fait pour téter, prendra sous la pression des lèvres la forme du sein de la mère. — Pourquoi cette forme plutôt qu'une autre? — Parce que le sein de la mère est en harmonie parfaite avec la bouche de l'enfant, comme chaque chose, dans la nature, est en har- monie avec sa fin, et admirablement appropriée à la fonction qu'elle doit remplir.

Il se trouve, — par hasard! — que la forme de la tour, dessinée par la courbe des arêtes, est en harmonie avec sa fonction, et admirablement appropriée à son but, qui est d'offrir eu vent la plus grande résistance possible.

« La direction des éléments des arbalétriers s'infléchit suivant une courbe tracée sur l'épure, et en réalité la forme extérieure de la tour reproduit, à une échelle déterminée, la courbe même des moments fléchissants du vent. » Voilà le pain des forts ; voici maintenant le lait des faibles : cela veut dire que les « montants, avant de se réunir à ce sommet si élevé, semblent jaillir du sol et s'être en quelque sorte moulés sous l'action même du vent. »

Cette forme est déterminée par le calcul pcur répondre à la fin que l'on s'est proposée. Les choses se passent comme si la matière de la tour était malléable et que le vent l'eût pétrie lui-même, donc, *à priori*, cette forme est la plus artistique et la plus élégante que l'on ait pu choisir, car tout art, comme toute esthétique, doit être fondé sur la raison.

Connaissez-vous le Wellingtonia ? — C'est un conifère gigantesque, originaire de l'Australie, où il atteint quelquefois plus de cent mètres de hauteur. Eh bien ! il se trouve, — toujours par le plus grand des hasards, — que sa courbure générale, et même celle du tronc, affectent une ressemblance singulière avec celle de la tour Eiffel. C'est le même profil · voilà qui est curieux ! Il faut croire que ce Hasard est aussi un grand constructeur !... Probablement il aura voulu que sa tour végétale pût offrir la plus grande résistance aux efforts de la tempête.

* *

Autrefois, dans certaines corporations, le jour de la fête patronale, les ouvriers endimanchés, fleuris, appuyés sur de longues cannes ornées de flots de rubans, promenaient processionnellement, sur leurs épaules, une pièce où ils avaient mis tous les soins : c'était *le chef-d'œuvre !*

Si cette coutume existait encore, on peut admettre sans trop de témérité que, cette année, les ouvriers constructeurs en fer n'eussent pas promené sur leurs épaules d'autres pièces que la tour Eiffel, — en miniature s'entend ! — Mais, comme on l'a déjà pressenti, ce n'est pas uniquement par allusion à cette cérémonie que nous avons parlé de chef-d'œuvre : on s'en convaincra par les explications qui vont suivre.

A coup sûr, personne ne nous contredira si nous affirmons qu'il y a plus de mérite, et plus d'art, dans la tour de 300 mètres que dans les neuf dixièmes des œuvres exposées au Salon.

* *

Dispositions principales. — Stabilité. — Mode de construction. — Détails relatifs aux travaux. — Prix de l'ouvrage.

Réduite à ses éléments essentiels, l'ossature de la tour se compose de quatre montants, ou arbalétriers, formant les arêtes d'une pyramide à faces courbes. Chacun de ces montants, s'il était coupé par un plan normal en un point quelconque, offrirait une section carrée décroissant de la base au sommet; il forme donc un caisson courbe, évidé à grand treillis, ayant 15 mètres de côté à la base et 5 mètres au sommet.

La base de la tour est environ le tiers de sa hauteur, car l'écartement des pieds est de 100 mètres, d'axe en axe. Ces pieds reposent sur de solides massifs de fondation en pierre dure, pénétrant dans le sol à 14 mètres de profondeur et dans lesquels, pour donner un surcroît de stabilité à l'édifice, les montants viennent s'ancrer au moyen de deux grands boulons de $7^m,80$ de longueur et de $0^m,10$ de diamètre.

Cet ancrage n'est pas nécessaire à la stabilité de la tour qui est assurée par son propre poids; mais ce luxe de précautions, qui double le coefficient de sécurité est utilisé pour le *montage en porte-à-faux*, dont nous parlerons plus loin.

Les quatre montants sont reliés aux trois étages de l'édifice par de solides bandeaux, ou ceintures horizontales, supportant des motifs de décoration et servant d'appuis à de vastes salles qui sont utilisées pour les différents services installés dans la tour.

Au 1er étage, c'est-à-dire à 60 mètres au dessus du sol, règne une galerie vitrée, qui fait tout le tour de la construction. Cette galerie d'une superficie de 4,200 mètres carrés, sert de lieu de réunion, où l'on trouve: cafés, restaurants, chambres de convalescents, etc., etc.

Au 2e étage, à 115 mètres de hauteur, une salle carrée, également vitrée, de 38 mètres de côté, soit environ 1,500 mètres carrés de surface.

Enfin, au sommet de la tour, se trouve une élégante coupole vitrée, surmontée d'un phare électrique, formant avec le balcon extérieur un espace rectangulaire de 284 mètres carrés. Cette terrasse, où cinq cents personnes peuvent facilement trouver accès, permet de procéder aux observations et expériences scientifiques.

La partie inférieure, que j'allais oublier, forme au niveau du sol un vaste carré dont les diagonales sont orientées *Est-Ouest* et *Nord-Sud*; c'est-à-dire, correspondent aux quatre points cardinaux. Au dessus de ce carré de plus d'un hectare de surface, — l'étendue de la cour intérieure du Louvre, — s'élève une espèce de hall gigantesque et s'ouvrant sur chacune des faces de la tour par une arche grandiose de 80 mètres de largeur et de 50 mètres de hauteur.

Ces immenses baies cintrées, véritables « arcs de triomphe du génie civil, » sont ourlées par des bandeaux largement ajourés, et leurs tympans portent des ornements de colorations diverses qui forment le principal élément de la décoration.

La tour est ouverte directement au public par le quai, tous les jours, de 9 heures du matin à minuit.

La circulation des visiteurs, quelque nombreux qu'ils soient, est complètement assurée par six ascenseurs admirablement organisés, et fonctionnant dans des conditions de sécurité absolue. Un tremblement de terre ne les dérangerait pas. Assurément ce cataclysme n'est pas à craindre, mais il n'en est pas moins vrai que la tour, en pareil cas, serait encore le meilleur refuge.

D'ailleurs, tout est prévu : deux grands escaliers, tellement doux et commodes qu'on les monte sans fatigue, conduisent au premier étage les personnes qui aiment à faire de l'exercice, ou que le mot d'ascenseur effraie.

La tour a été calculée pour résister à un vent qui soufflerait d'une manière uniforme sur toute la hauteur avec une pression de 300 kilos par mètre carré.

On a encore accru cette résistance, comme nous l'avons vu, en amarrant solidement chacune des quatre membrures des montants à un massif de soubassement en maçonnerie de 8 mètres de haut, reposant sur une base en béton de 6 mètres d'épaisseur et d'une surface de 15 mètres sur 6 mètres.

Ce vent de 300 kilos, ce monstrueux torrent d'air, véritable trombe, est totalement inconnu dans nos climats, où la tempête, avec une vitesse de 24 mètres par seconde, ne donnerait qu'une pression de 78 kilos. Cette pression est insuffisante pour faire fléchir de 15 centimètres le sommet de la tour. Du reste, comme les oscillations durent plus d'un quart de minute, en raison de la longueur de la partie fléchissante, l'effet en sera complétement insensible, et beaucoup moindre que dans les phares en maçonnerie où l'élasticité des mortiers est la cause principale des balancements observés.

L'emploi de la maçonnerie était impossible pour la construction d'une tour de 300 mètres. En pareil cas, c'est la résistance des mortiers qu'il faut considérer plutôt que celle de la pierre, car leur limite d'écrasement est en général très inférieure. D'ailleurs, défaut de solidité, prix excessif : tout se réunit pour exclure ce mode de construction. L'obélisque de Washington offre à cet égard un exemple frappant.

*
* *

Quelques détails intéressants sur les travaux né-
cessités par la construction de la tour de 300 mètres
achèveront de prouver que nos appréciations n'ont
rien d'hyperbolique.

Le tracé en élévation une fois bien dessiné et coté,
a été divisé en 27 panneaux ; chacun de ces panneaux a donné lieu à une épure, et chaque épure
est devenue le point de départ d'une série de des-
sins géométriques. — On a employé 5,000 feuilles
de dessin d'atelier de 1 mètre de large sur 0^m,80 de
hauteur. — Quarante dessinateurs et calculateurs
ont travaillé pendant deux ans aux études des
12,000 pièces différentes qui composent la tour.

Chacune de ces douze mille pièces métalliques a
exigé un dessin spécial, où l'on a déterminé ses
dimensions et notamment la position exacte et l'ouverture des trous destinés aux rivets.

Pour assembler ces douze mille morceaux de fer,
on a employé deux millions et demi de rivets, et il
a fallu percer dans la tôle sept millions de trous.
Comme l'épaisseur moyenne des pièces perforées
est d'un centimètre, ces trous placés bout à bout
formeraient un tube de 70 kilomètres de long.

Chaque pièce de la construction étant ainsi tra-
eée, coupée, percée et numérotée à l'usine, a été
transportée au Champ de Mars, puis distribuée et
conduite à pied d'œuvre par de petits chemins de
fer. L'assemblage s'est fait sur place, en substituant
des rivets aux boulons provisoires.

A propos de ces boulons, il nous revient un détail curieux : M. Jaluzot, le célèbre Directeur du *Printemps*, a eu l'idée originale de se rendre acquéreur d'avance de tous les déchets de la construction, et a consacré, dit-on, six cent mille francs à les faire monter en presse-papiers qu'il compte offrir à ses nombreux clients, comme souvenir de la tour Eiffel et de l'exposition de 1889.

Il était impossible, malgré les soins les plus minutieux, qu'il ne se produisît pas de légers écarts dans le montage des pièces, et que les trous d'assemblage se trouvassent juste en face les uns des autres. Ces écarts étaient prévus ; pour les faire disparaître, on a employé deux espèces d'engins : des boîtes à sable, comme celles qui servent au décintrage des ponts, et des vérins imaginés tout exprès, sorte de presses hydrauliques, avec lesquelles deux hommes suffisent pour soulever aisément un poids de 800,000 kilos.

A l'aide de ces appareils, on a pu rectifier la position des arbalétriers, et celles des pièces transversales, de façon à faire correspondre les trous d'assemblage, et à pouvoir ajuster les pièces sans leur faire subir la moindre retouche. La tour a été ainsi mise d'aplomb, et calée sur sa base, comme on assujettit une pendule sur son socle, à l'aide de vis de réglage.

Cette condition était indispensable pour l'équilibre

et la stabilité parfaite de l'édifice, dont tous les éléments ont été calculés pour que la pression se répartisse également sur les arbalétriers, et partant sur les assises de fondation.

*
* *

Le total de la dépense est d'environ six millions cinq cent mille francs qui se répartissent de la manière suivante :

Le poids total de la tour est sept mille tonnes, soit sept millions de kilos de fer qu'il a fallu monter, savoir :

3,000 tonnes jusqu'au 1er étage, et 4,000 au-dessus . . . . Fr.	3.800.000
Fondations, maçonneries	900.000
Travaux supplémentaires : vitrerie, peintures, couvertures des salles, etc.	900.000
Ascenseurs	900.000
Total . . . . Fr.	6.500.000

*
* *

Utilité de la tour de 300 mètres. — Son application à l'éclairage électrique de l'Exposition. — Autres applications. — Opinion des plus hautes autorités scientifiques, — Conclusion.

Quelques Lilliputiens, — clairsemés, — ont contesté l'utilité de ce Gulliver des monuments, qui domine tout, c'est vrai, mais qui n'écrase rien... et même ne masque rien... Nous allons voir si leurs critiques étaient fondées.

La tour de 300 mètres est le type d'un nouveau système de piles métalliques sans entretoisements, que M. Eiffel a fait breveter, et par lequel se trouve résolu pour la première fois le problème de la construction des piles à une hauteur quelconque.

Voilà une raison d'être : les gens du métier ne peuvent pas toujours se transporter sur des chantiers éloignés comme ceux de Garabit, de Cubzac ou du Douro ; quelquefois situés à l'autre bout du monde, comme ceux de Tan-an ou de Ben-luc, en Cochinchine. Ils ne sont pas fâchés de voir de près, par exemple, comment se fait ce montage en porte-à-faux imaginé par M. Eiffel pour franchir des travées de 165 mètres, en s'avançant de chaque côté dans le vide, où se fait la rencontre, sans aucun appui. Ce qui est particulièrement intéressant quand on se trouve au-dessus d'un fleuve très profond et très rapide.

Dans la construction de la tour, c'est ce moyen qu'on a employé pour hisser les pièces jusqu'au premier étage, à l'aide de grues d'un système particulier, qui prenaient leurs points d'appui sur les arbalétriers.

Non seulement c'est utile, mais c'est très artistique et très français, de mettre ainsi sous les yeux du public les procédés fort ingénieux dont on se sert aujourd'hui pour construire les pylônes des viaducs situés à une grande hauteur. Tout le monde peut voir comment on s'y prend, et la leçon ne tombe pas toujours dans l'oreille d'un sourd. Si cela ne sert à rien, je ne vois pas pourquoi on fait des expériences en public, ni même devant des élèves. L'homme ne travaille pas avec ses ongles : il travaille avec son intelligence. Les idées sont sa principale richesse, et le progrès résulte de la diffusion des idées. S'il en était autrement, à quoi serviraient les expositions ? — Chacun, dans sa partie, montre à tous les autres ce qu'il sait faire, et comment il le fait. C'est même un des inconvénients de ces grandes croisades pacifiques, où nous faisons un peu la guerre à nos dépens ; car, au bout du compte, nous donnons plus que nous ne recevons. Les étrangers semblent nous apporter leur argent, mais le fait est qu'ils jouent à qui perd gagne.

*
* *

Passons à un autre ordre d'idées : c'est une sensation très agréable que celle de monter à une grande hauteur, sans fatigue, sans secousse, sans vertige et sans aucun danger. Il semble que tout s'enfonce autour de soi ; on voit peu à peu l'horizon s'élargir, on découvre à chaque instant une étendue plus grande ; on voit, derrière les collines qui entourent Paris, surgir des points nouveaux ; on aperçoit des clochers, des villes, des villages ; on plane comme au-dessus d'une immense carte des environs. Finalement, on jouit d'un spectacle tout à fait extraordinaire : « celui d'un panorama d'environ trente lieues, observé à vol d'oiseau, sans que les premiers plans viennent, comme dans les ascensions de montagnes, nuire au sentiment de la distance et de la hauteur. La vue de Paris, le soir, avec son éclairage féerique, présente un aspect merveilleux que les aéronautes connaissaient seuls jusqu'à présent. »

En disposant convenablement, autour du soubassement de la lanterne supérieure, trois couronnes superposées de lampes électriques, on éclaire trois zones concentriques formant ensemble un cercle de

314 hectares. Cet éclairage est suffisant pour permettre de lire facilement un imprimé à un kilomètre à la ronde.

Ce phare immense, vu de tout Paris et aperçu même de plus de trente lieues, sert à éclairer toute l'Exposition et répand dans le parc et les jardins une lumière agréable à l'œil et plus brillante que celle du plus beau clair de lune.

La tour ne se borne pas à éclairer splendidement ses abords à une grande distance, elle les protège contre la foudre : c'est un paratonnerre, en même temps qu'un phare. L'écoulement de l'électricité dans le sol se fait, pour chacune des quatre piles qui supportent l'édifice, par deux tuyaux de conduite en fonte de 50 centimètres de diamètre. A leur partie supérieure, ces tuyaux sont en communication avec la charpente métallique de la tour, puis ils s'enfoncent verticalement dans le sol, plongent au-dessous de la nappe aquifère, se retournent à angle droit, et sont immergés sur une étendue horizontale de dix-huit mètres. Grâce à ces précautions, les personnes qui se trouveront à l'intérieur de la tour, ou sous l'immense hall du rez-de-chaussée, seront abritées, en cas d'orage, et absolument assurées contre tout accident.

*
* *

Il y a trois siècles, Galilée avait 18 ans, lorsque,

entrant un jour dans l'église métropolitaine de **Pise,** sa patrie, il remarqua les oscillations régulières d'une lampe suspendue à la voûte. Cette observation, restée lettre morte pour tant d'autres, fut pour lui une révélation et le point de départ de sa découverte des lois de la pesanteur.

A l'occasion du troisième centenaire de cette belle découverte qui fut, avec les grandes lois de Kepler, le préambule de celles de Newton, on pourra reprendre, à la Tour Eiffel, différentes expériences relatives à la chute des corps et qui n'ont jamais pu être faites d'une pareille hauteur. Par exemple, celles qui sont relatives à la résistance de l'air et à la déviation qu'éprouve une masse qui tombe. On sait, en effet, qu'elle dévie à l'est de la verticale, et que l'écart doit être proportionnel à la hauteur et au cosinus de la latitude. Mais voici une expérience qui serait en quelque sorte une commémoration saisissante de l'observation de Galilée, en même temps qu'un majestueux hommage rendu à la mémoire de cet immortel génie.

S'il avait eu l'idée de baisser la tête en prolongeant par la pensée, jusqu'au sol, le fil qui soutenait la lampe, nul doute qu'avec la puissance de perspicacité qui le caractérisait, Galilée n'eût vu la Terre écrire elle-même sur les dalles de l'église : « JE TOURNE... »

Ce n'est que deux cents ans plus tard que cette idée de rendre palpable la rotation de la terre, au moyen du pendule, a été l'objet d'une expérience que Lagrange fit au Val-de-Grâce. L'illustre géomètre échoua, faute de précautions suffisantes contre les courants d'air. Sa tentative fut reprise au Panthéon, en 1854, et menée à bonne fin par le physicien Foucault. Un pendule de 300 mètres, installé en permanence dans la tour, permettrait de renouveler cette curieuse démonstration du mouvement diurne dans des conditions toutes nouvelles. L'expérience pourrait se faire sous les yeux du public, qui s'y intéresserait vivement, surtout si elle était accompagnée d'explications claires et topiques.

*
* *

Un volume ne suffirait pas pour énumérer tous les services que peut rendre la tour de 300 mètres et toutes les applications dont elle est susceptible.

Contentons-nous d'indiquer les principales, en citant, à l'appui, l'opinion des plus hautes autorités scientifiques.

« L'utilité d'une tour métallique à claire voie, d'une grande hauteur, comme instrument de recherches scientifiques, ne saurait être mise en doute », disait M. Hervé-Mangon, Membre de l'Institut et Directeur du Conservatoire des Arts et Métiers. Cet illustre savant, dans sa communication du 3 mars 1885 à la Société météorologique de France, cite une foule d'observations et d'expérience de la plus haute importance, dont quelques-unes étaient impossibles à réaliser avant l'établissement de la tour. C'est **tout** un programme d'études esquissé magistralement, **et** qu'il sera utile de suivre et de développer.

L'amiral Mouchez, Directeur de l'Observatoire, Membre de l'Institut et du Bureau des longitudes, n'est ni moins explicite, ni moins affirmatif. Il indique des expériences, des études, qu'une tour où les instruments sont entièrement isolés dans l'atmosphère peut seule permettre d'entreprendre. « Cette tour métallique aurait, » dit-il, « pour les observations météorologiques, une très grande et incontestable supériorité ; » et il termine sa consultation à M. Eiffel par une formule que les savants n'emploient qu'à bon escient : « je fais les vœux les plus vifs pour que votre projet se réalise. »

Un des astronomes attachés à l'Observatoire, M. Pierre Puiseux, a fait, à l'occasion du projet de M. Eiffel, une communication des plus intéressantes.

« Il est hors de doute, lui écrit-il, que la **tour** projetée pourra recevoir des applications utiles aux observations astronomiques ; » et il en indique une série d'une importance capitale, entre autres, l'étude de la variation de la température avec l'altitude. Toute observation astronomique, — chacun sait cela, — naît entachée de quatre ou cinq espèces d'erreurs, dont il faut la corriger avant d'en faire quoi que ce soit ; c'est ce qui s'appelle : la *réduire*. Une des principales causes d'erreurs est due à la réfraction atmosphérique ; mais saviez-vous que « toutes les théories de la réfraction données jusqu'à présent reposent sur des hypothèses gratuites et souvent démenties par l'expérience ? » Cette déclaration si nette de M. Puiseux est tellement importante qu'elle suffirait, à elle seule, pour motiver la construction d'un observatoire métallique de 300 mètres.

Enfin, le général Perrier, — il était à ce moment-là colonel, Membre de l'Institut et du Bureau des Longitudes, — consulté, au sujet des applications possibles de la tour de 300 mètres à la télégraphie optique, confirme M. Eiffel dans l'opinion qu'un pareil édifice rendra de grands services en temps de guerre et permettra des communications qui n'existent pas encore.

Résumons brièvement avec lui les questions que cette construction peut servir à élucider :

« *Astronomie.* — Loi des réfractions, spectroscopie, raies telluriques.

» *Chimie végétale.* — Végétation à 300 mètres, composition de l'air, acide carbonique.

» *Météorologie.* — Vents, température, hygrométrie, état électrique, foudre, courants supérieurs.

» *Physique.* — Déviation d'un corps qui tombe, électricité atmosphérique, expérience de Foucault pour démontrer la rotation de la terre.

» *Guerre*. — Télégraphie optique. — Avec trois stations bien choisies, on est à la frontière. »

Et il ajoute : « Le champ des expériences qu'on pourra faire est fort étendu et s'étendra tous les jours davantage avec les progrès de la science... Je crois que vous ferez une œuvre utile en construisant cette tour gigantesque. »

** **

Le croirait-on pourtant : tous ces témoignages si décisifs, ces vœux, ces encouragements si pressants n'ont pas désarmé la critique. Cependant, ils sont bien antérieurs à la construction, car ils datent de 1885, et le premier coup de pioche n'a été donné que le 28 janvier 1887 !

Ainsi voilà une œuvre colossale, conçue et exécutée avec tout l'art dont elle est susceptible, un modèle de construction métallique, un observatoire gigantesque, une attraction comme on ne pourrait pas en imaginer de plus phénoménale pour l'Exposition de 1889, et nous n'applaudirions pas de toutes nos forces ! Et nous marchanderions l'éloge à l'homme qui l'a entreprise tout seul, avec ses propres ressources !

Mais cette œuvre qui marque une époque dans l'histoire, cette construction qui dépasse en habileté, comme en dimensions, tout ce qui a été fait jusqu'à ce jour, les anciens l'eussent classée en tête des sept merveilles du monde !

M. Eiffel a voulu prouver au monde entier que nous ne sommes pas seulement capables d'exceller dans les œuvres frivoles : « La Tour de 300 mètres, disait-il, en inaugurant le premier étage, est avant tout une saisissante manifestation de notre génie national dans l'une de ses formes les plus modernes : c'est là une de ses principales raisons d'être... »

M. Eiffel a osé heureusement, pour parler comme Horace ; il n'a pas eu peur de faire grand, ce qui ne l'a pas empêché de faire avec soin. Il a fait preuve d'une hardiesse inouïe, soit ! Mais pourquoi critiquer cette hardiesse ? Depuis quand la hardiesse est-elle déplacée dans les manifestations du caractère d'une grande nation ?

Quel grand exemple et quel enseignement nous offre cette magnifique entreprise : celui qui a pour ainsi dire tout fait n'a eu peur de rien, et d'autres, qui n'ont rien fait ont eu peur de tout !...

On avait peur d'humilier les autres monuments, peur d'un insuccès, peur du ridicule... Que voulez-vous ? C'est chez nous une maladie héréditaire... Eux aussi, les Gaulois nos pères avaient peur, mais ils n'avaient peur que d'une chose : c'est que la voûte céleste s'écroulât sur leurs têtes !

EUGÈNE REBOUL

(Août 1888).

Fumeurs, demandez le PAPIER PERSAN
POUR CIGARETTES
MARQUE DE FABRIQUE

DEUX TRAITS SUBLIMES
d'un homme de génie.

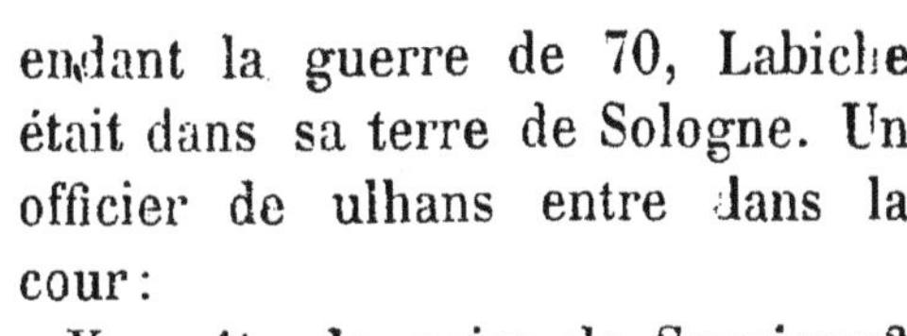

endant la guerre de 70, Labiche était dans sa terre de Sologne. Un officier de uhlans entre dans la cour :

— Vous êtes le maire de Souvigny ?

— Oui.

— Je vous préviens que si les francs-tireurs entrent à Souvigny, le village sera brûlé et le maire fusillé.

— « Si j'avais le pouvoir d'empêcher quelqu'un d'entrer, vous ne seriez pas là », répliqua fièrement Labiche.

Maintenant fouillez toute l'antiquité, relisez Plutarque, cherchez dans la vie de César, vous ne trouverez pas un trait plus sublime que cette noble et superbe réponse.

— « C'est juste ! dit le uhlan, mais le village sera brûlé. »

Et il partit au galop.

Le lendemain, les francs-tireurs arrivent. Il fallait sauver le village, et c'est là que reparaît le Gaulois. Il se jette dans les bras du commandant :

— Vous nous sauvez ! Nous sommes enveloppés de Prussiens de tous côtés ! Ils tiennent toutes les

routes excepté celle par où vous arrivez. »

— « Vous en êtes sûr?... » puis se tournant vers ses hommes : « A cheval, Messieurs!... » Et la troupe reprend vivement la route libre.

Et maintenant fouillez tout le théâtre, y compris celui de Labiche, retournez les anciens et les modernes, même Shakespeare, et dites-moi si vous trouvez une solution plus ingénieuse, une détente plus irrésistiblement comique d'une situation dramatique au possible! Songez que la scène ne se passe pas devant la rampe, mais devant une poi-

gnante réalité, et voyez si ce « *Vous nous sauvez !* »
n'est pas un vrai trait de génie.

Du reste c'est bien l'opinion du maître auquel
nous empruntons ce précieux document, que nous
consignons pieusement ici, en attendant qu'il soit
recueilli par l'histoire de France.

Emile Augier ajoute, dans son admirable oraison
funèbre, qu'il faudrait citer tout entière :

« La qualité maîtresse de Labiche, c'est la qualité
française par excellence, la gaieté.

« L'homme ressemblait à l'œuvre. Tous ceux qui
l'ont connu l'ont aimé. Il est bon d'apprendre à
ceux qui ne l'ont pas connu, que ce grand rieur
avait le cœur le plus tendre, le caractère le plus
ferme et le plus droit qu'on puisse rencontrer. Mais
ces qualités étaient habillées de tant de bonne
humeur et d'esprit qu'il fallait un peu de réflexion
pour les voir. . . . .

. . . .

« Il a retrouvé, devant la mort, la fermeté d'âme
qu'il avait eue devant le danger. »

. . . . »

« Personne n'emportera plus de tendres regrets
que cet honnête homme de génie. LE MOT ME BRULE
LES DOIGTS DEPUIS QUE J'AI PRIS LA PLUME, JE M .
SOULAGE EN L'ÉCRIVANT. »

EMILE AUGIER.

EXPOSITION UNIVERSELLE

Indications utiles

Un coup de canon tiré de la seconde plate-forme de la Tour Eiffel annonce, à huit heures du matin, l'ouverture de l'Exposition ; à six heures du soir, la fermeture des galeries. — Toutes les galeries du Champ de Mars sont ouvertes de dix heures du matin à six heures du soir ; la galerie des machines, la galerie de 30 mètres et le dôme central ne ferment qu'à onze heures. — A l'Esplanade des Invalides, le Palais des colonies n'est ouvert qu'à partir de deux heures. — A trois heures, musiques militaires dans le parc du Champ de Mars. — A l'esplanade des Invalides, la *Nouba* des tirailleurs algériens. — Le soir, illumination du Trocadéro ; au Champ de Mars, illumination du dôme central et de la tour Eiffel de huit heures à onze heures. A neuf heures et demie, les fontaines lumineuses qui jouent trois fois chaque soir, de neuf heures trente à neuf heures cinquante, de dix heures à dix heures vingt, et de dix heures et demie à dix heures cinquante.

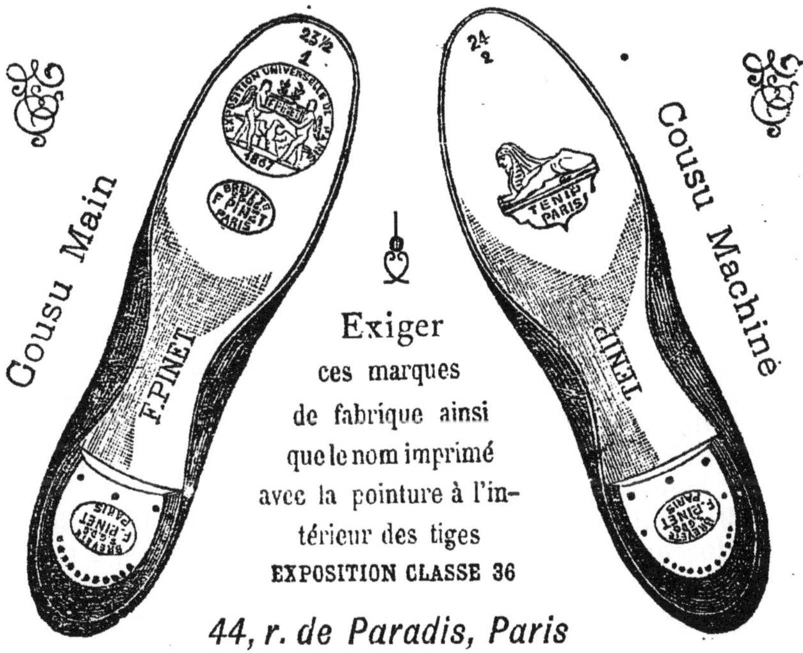

MANUFACTURE DE CHAUSSURES
POUR HOMMES, DAMES & ENFANTS
F. PINET
Cousu Main
Cousu Machine
F. PINET
TENIP PARIS
Exiger
ces marques
de fabrique ainsi
que le nom imprimé
avec la pointure à l'in-
térieur des tiges
EXPOSITION CLASSE 36
44, r. de Paradis, Paris
SE MÉFIER DES CONTREFAÇONS

MUSÉES

Jours et heures d'entrée

Arts et Métiers, dimanche, mardi et jeudi, de 11 h. à 4 h.

Garde-Meuble, 138, quai d'Orsay, dimanche et jeudi, de 2 h. à 4 h.

Invalides, de 11 h. à 5 h., sauf le dimanche.

Jardin de la Ville, 115, avenue Henri Martin, de 1 h. à 6 h.

Gobelins, 40, avenue des Gobelins, mercredi et samedi, de 1 h. à 3 h., avec permis du directeur.

Manufacture de Sèvres, de 12 h. à 4 h., sauf le dimanche.

Manufacture des Tabacs, jeudi, de 10 h. à 12 h., avec permis.

Monnaies. Il faut écrire au directeur.

Musée d'Artillerie (aux Invalides), dimanche, mardi et jeudi, de 12 h. à 4 h., les autres jours avec permis.

Musée Dupuytren, de 11 h. à 4 h., avec autorisation du conservateur ; fermé le dimanche.

Musée du Louvre, de 9 h. à 5 h., sauf le lundi.

Musée du Luxembourg, mêmes heures ; le dimanche, de 10 h. à 4 h.

Musée de Cluny, de 11 h. à 4 h., sauf le lundi, une heure plus tard en été.

Musée de Versailles, de 11 h. à 4 h., sauf le lundi.

Muséum du Jardin des Plantes, de 10 h à 4 h., sauf le dimanche.

Musée Carnavalet, 23, rue Sévigné, dimanche et jeudi, de 11 h. à 4 h.

PRIX D'ENTRÉE A L'EXPOSITION

Chaque visiteur doit remettre à l'entrée, savoir :

Les jours de semaine :

De 8 heures à 10 heures du matin, deux tickets ;
De 10 heures du matin à 6 heures du soir, un ticket ;
De 6 heures du soir à la fermeture, deux tickets.

Les Dimanches :

De 8 heures à dix heures du matin, deux tickets
De 10 heures à la fermeture, un ticket.

GRAND DÉPOT, 21, Rue Drouot, PARIS
Spécialité de Porcelaines, Faïences et
Cristaux pour Services de Table.

NUBIAN

Manufacturing Company (de Londres)

SUCCURSALE à PARIS

23, rue d'Hauteville, 23

CIRAGE NUBIAN Liquide WATERPROOF

Il s'emploie **sans Brosser** et son superbe Bril-
lant se conserve une semaine sur les chaussures,
harnais et tous articles en cuir. — **BIEN EVITER LES
NOMBREUSES IMITATIONS SANS VALEUR.**
En vente dans les bonnes maisons. DEPOT : 23, r. d'Hauteville, Paris.

LIVRE D'OR

Liste des douze particuliers les plus riches du monde

NOMS	NATIONALITÉ	CAPITAL (en millions)	REVENU annuel (en millions)	SOMME A DÉPENSER PAR JOUR (sans tenir compte des centimes, ni des années bissextiles
Jay Gould........	Américain.	1.400	70 millions	191.781 fr.
J. W. Mackay ...	Américain.	1.250	62 1/2	171.233
Rothschild.......	Anglais.	1.000	50	136.986
C. Vanderbilt.....	Américain.	625	31 1/4	85.616
J. P. Jones.......	Américain.	500	25	68.493
Duc de Westminster	Anglais.	400	20	54.795
John-J. Astor	Américain.	250	12 1/2	34.247
W. Stewart	Américain.	200	10	27.397
J. G. Bennett.....	Américain.	150	7 1/2	20.548
Duc de Sutherland	Anglais.	150	7 1/2	20.548
Dᶜ de Northumberland	Anglais.	125	6 1/4	17.123
Marquis de Bute ..	Anglais.	100	5	13.699

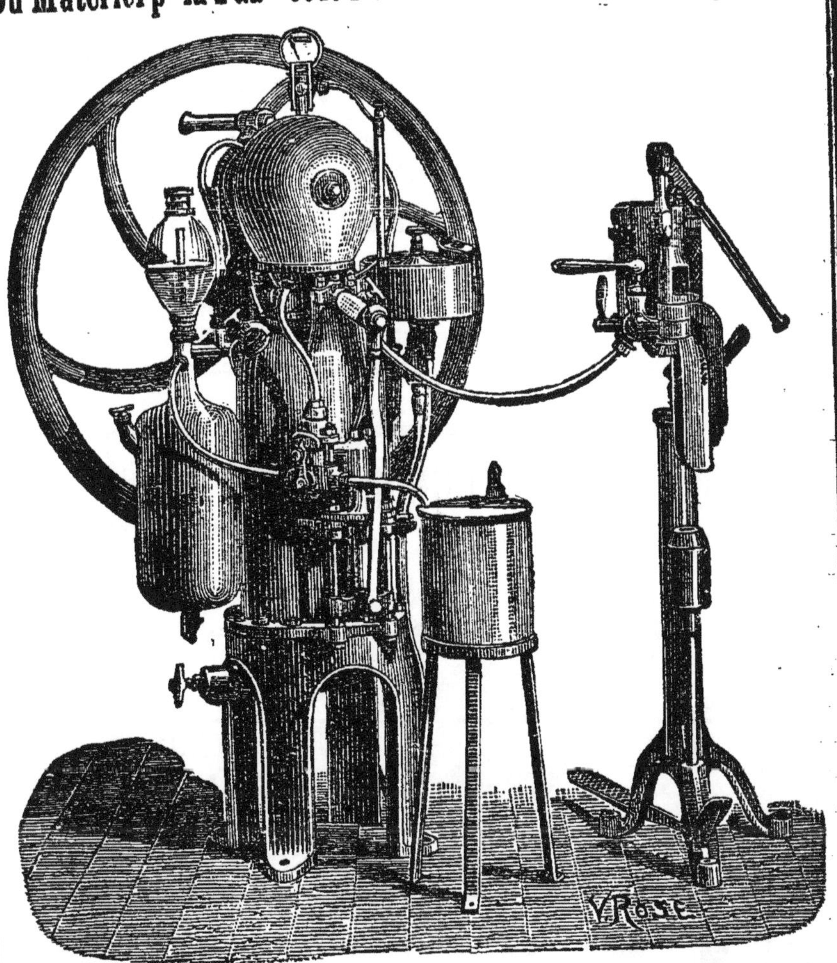
CONSTRUCTION SPÉCIALE
Du Matériel pr la Fabon et le Débit des Eaux et Boissons gazeuses
V. Rose
MONDOLLOT
Ingénieur-Constructeur
72, rue du Château-d'Eau, 72, PARIS
EXPOSANT, Gde Galerie des Machines, CLASSE 50

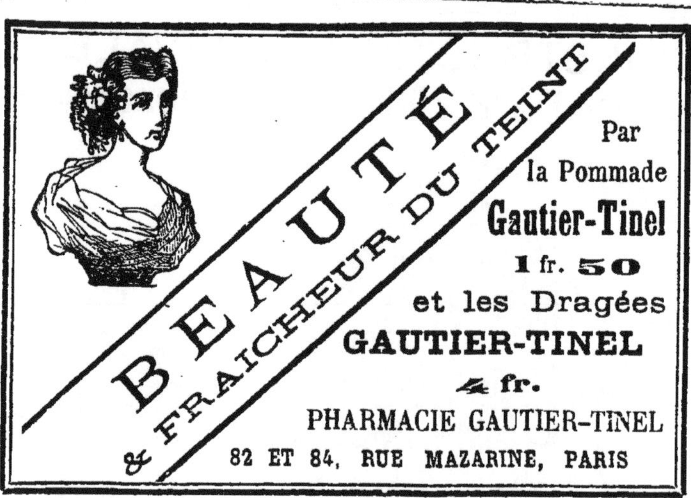

BEAUTÉ
& FRAICHEUR DU TEINT
Par la Pommade
Gautier-Tinel
1 fr. 50
et les Dragées
GAUTIER-TINEL
4 fr.
PHARMACIE GAUTIER-TINEL
82 ET 84, RUE MAZARINE, PARIS

18, RUE DES MATHURINS
PRÈS DE L'OPÉRA
LE HAMMAM
BAINS TURCO-ROMAINS
SUDATION
MASSAGE
LAVAGE
PISCINE
SALONS DE REPOS
SALON DE COIFFURE
PÉDICURE, BUFFET
HYDROTHÉRAPIE COMPLÉTE
SALLE DE GYMNASTIQUE.
BAIN DES DAMES 47, BRD HAUSSMANN

Exposition Universelle de 1889

Renseignements utiles

TARIF DES VOITURES DE PLACE					
à 2, à 4 et à 6 places					
De minuit 30 à 6 h. du matin en été, 7 h. en hiver					

VOITURES DE PLACE ET DE REMISE *prises sur la voie publique*	JOUR		NUIT		NUIT et hors fortifications
	course	l'heure	course	l'heure	l'heure
A 2 places	1 50	2 »	2 25	2 50	2 50
A 4 places........	2 »	2 50	2 50	2 75	2 75
Landaus et voitures à 6 places	2 50	3 »	3 »	3 50	

Hors fortifications à l'heure et non à la course

Indemnité de retour, hors fortifications, **1** fr. Bagages, **25** c. par colis. Rien en sus de **75** c. au-dessus de 3 colis.

D'APRÈS L'HEURE A	FRACTIONS EN SUS DE L'HEURE										
	5ᵐ	10	15	20	25	30	35	40	45	50	55
	f. c.	f. c.	f. c.	f. c.	f. c.	f. c.	f. c.	f. c.	f. c.	f. c.	f. c.
2 f....	» 20	» 35	» 50	» 70	» 85	1 »	1 20	1 35	1 50	1 70	1 85
2 f. 50.	» 25	» 45	» 65	» 85	1 05	1 25	1 50	1 70	1 90	2 10	2 30

Au total de l'heure ou des heures complètes, le voyageur pour faire son compte n'a qu'à ajouter les fractions en sus, divisées par 5 minutes.

Renseignements financiers

TIRAGES DES VALEURS A LOTS A EFFECTUER EN 1889

DÉSIGNATION DES VALEURS	JANVIER	FÉVRIER	MARS	AVRIL	MAI	JUIN	JUILLET	AOÛT	SEPTEMBRE	OCTOBRE	NOVEMBRE	DÉCEMBRE
Dép. Seine 1857..	»	»	»	»	1	»	»	»	»	»	2	»
Ville Paris 1855-60	»	1	»	»	»	»	»	1	»	»	»	»
— 1865...	»	»	15	»	»	15	»	»	15	»	»	15
— 1869...	15	»	»	15	»	»	15	»	»	15	»	»
— 1871...	10	»	»	10	»	»	10	»	»	10	»	»
— — ...	20	»	»	20	»	»	20	»	»	20	»	»
— 1875...	»	5	»	»	5	»	»	5	»	»	5	»
— 1876 ..	»	10	»	»	10	»	»	10	»	»	10	»
— 1886...	»	»	5	»	»	5	»	»	5	»	»	5
Dép. du Nord 1870	»	»	»	1	»	»	»	»	»	1	»	»
Ville d'Amiens 1871	2	»	»	»	»	»	1	»	»	»	»	»
— Bordeaux 1863	2	»	»	»	»	»	1	»	»	»	»	»
— Lille 1860....	»	»	1	»	»	»	»	»	4	»	»	»
— — 1863....	»	1	»	»	»	»	»	1	»	»	»	»
— Lyon 1880 ...	»	»	»	15	»	»	»	»	»	15	»	»
— Marseille 1877	»	»	»	15	»	»	»	»	»	15	»	»
—Roubaix 1.1860	»	1	»	»	»	»	»	1	»	»	»	»
C.f.o.f.1853 3°/.4°/.	»	»	22	»	»	22	»	»	22	»	»	22
— 1863 4°/..	»	»	22	»	»	22	»	»	22	»	»	22
—c.1860 3°/.4°/.	»	»	22	»	»	22	»	»	22	»	»	22
— —1875.....	»	»	22	»	»	22	»	»	22	»	»	22
— fonc. 1877...	5	»	»	5	»	»	5	»	»	5	»	»
— com. 1879..	»	5	»	5	»	5	»	5	»	5	»	5
— fonc. 1879...	5	»	5	»	5	»	5	»	5	»	5	»
— com. 1880...	»	5	»	5	»	5	»	5	»	5	»	5
— — 1884...	»	5	»	5	»	5	»	5	»	5	»	5
— fonc. 1885...	5	»	5	»	5	»	5	»	5	»	5	»
Bons de la Presse .	»	»	»	»	»	5	»	»	»	»	»	»
Bons avec lots	15	»	15	»	15	»	15	»	15	»	15	»
Canal Suez 5 0/0 .	»	»	15	»	»	15	»	»	15	»	»	15
Lots d'Autr. 1860 .	»	1	»	15	»	»	»	1	»	15	2	»

VIVILLE, 24, Avenue de l'Opéra, Paris
Usine, 16, Avenue Parmentier
EXPOSANT DANS LES CLASSES 41, 27, 64, 51

Les classes 41 et 27 renferment tous les articles nouveaux et brevetés qui se trouvent exposés près du po 'at de la Compagnie Asturienne qui sépare ces deux classes.

CLASSE 41. — 1° Rotissoire arroseuse. Les rôtis sont arrosés sans que l'on ait à s'en occuper. Elle fonctionne dans cette classe.

2° Installation complète d'une **Buanderie** se composant : de la lessiveuse française bain-marie, d'une laveuse, d'une essoreuse, d'un séchoir.

3° **Appareil multiple hydropyrique.** Cet appareil de la forme d'une armoire en tôle, peint couleur bois, peut se placer dans un cabinet de toilette ou toute autre pièce similaire.

Il réunit en un seul objet: 1° Une baignoire dont l'eau est chauffée pour un bain en 30 minutes, avec une dépense moyenne de 15 centimes de combustible. — 2° Un appareil à douche. — 3° Un appareil à fumigation — 4° On peut transformer l'hydro-pyrique en un calorifère pouvant chauffer plusieurs pièces. — 5° Le coffre de l'armoire sert d'étuve pour sécher le linge que l'on étend sur des tringles en fer galvanisé montées sur un chariot. On peut sécher 120 draps en 10 heures.

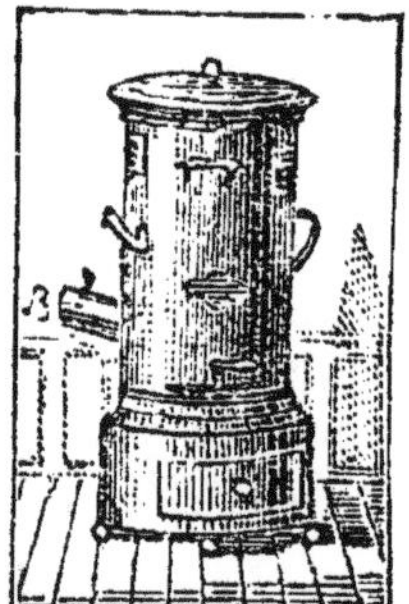

CLASSE 27. — A une minute de la classe 41, sont exposés mes appareils de chauffage.

Poële hydraulique Viville

avec fermeture hermétique, suivant les vœux de l'Académie de Médecine, il est le seul fermant par l'eau.

DIVERS MODÈLES DE CHEMINÉES RICHES

ENVOI FRANCO DE L'ALBUM

MAISON
PIHAN
FABRIQUE
DE
CHOCOLAT
ENTREPÔT
DE
THÉS
PARIS
4 F^s St HONORÉ
PRÉCÉDEMMENT 34 MÊME RUE

SOULAGEMENT
IMMÉDIAT
GUÉRISON
SOLUTION TITRÉE
D'ANTIPYRINE
CHAUMEL
PHARMACIEN CHIMISTE
87, Rue Lafayette PARIS
PRIX 5 Frs
Demi-Flacon 3 frs.
EXIGER LA MARQUE
MIGRAINE
NEVRALGIES
RHUMATISME
ASTHME
MAL de MER
ET TOUTES
AFFECTIONS
douloureuses
ANTIPYRINE CHAUMEL

PARIS
GARNIER
r. Rochechouart
38
SUCRE EDULCOR
Le seul permis aux Diabétiques
Marque déposée
Donne aux Diabétiques l'illusion du sucre de
canne et n'en a pas les inconvénients.
Chaque pastille suffit pour sucrer un
verre d'eau, une tasse de Café, Thé
un Grog, etc
Prix de la Boite contenant
100 Pastilles
2 Fr.
CORS
Verrues, etc., radicalement guéris
par le Baume Gélin.
38, rue Rochechouart.

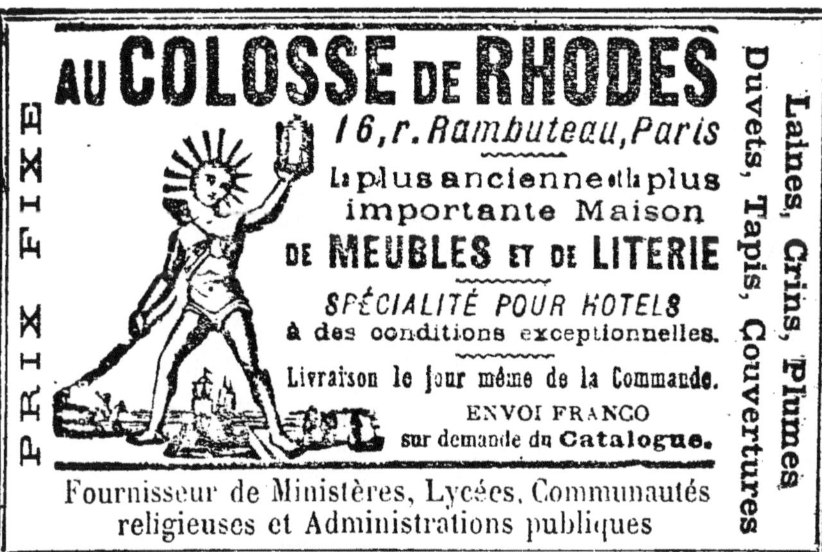
PRIX FIXE
AU COLOSSE DE RHODES
16, r. Rambuteau, Paris
La plus ancienne et la plus
importante Maison
DE MEUBLES ET DE LITERIE
SPÉCIALITÉ POUR HOTELS
à des conditions exceptionnelles.
Livraison le jour même de la Commande.
ENVOI FRANCO
sur demande du Catalogue.
Laines, Crins, Plumes
Duvets, Tapis, Couvertures
Fournisseur de Ministères, Lycées, Communautés
religieuses et Administrations publiques

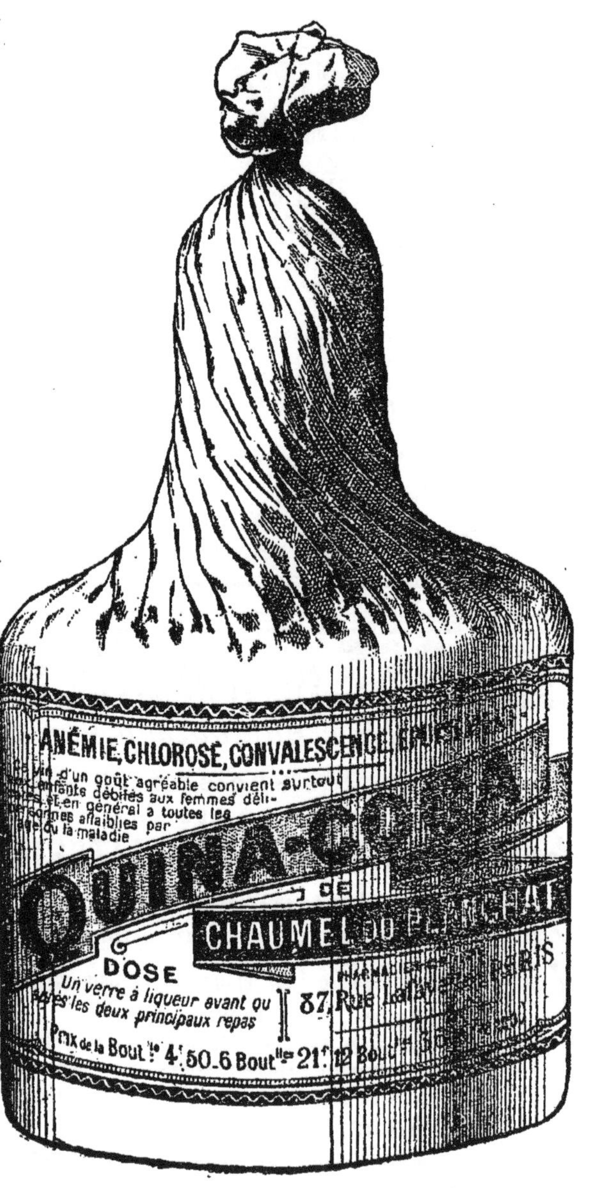
ANÉMIE, CHLOROSE, CONVALESCENCE
Ce vin d'un goût agréable convient surtout
aux enfants débiles, aux femmes déli-
cates et en général a toutes les
personnes affaiblies par
l'âge ou la maladie
QUINA-COCA
DE
CHAUMEL OU PLANCHAT
87, Rue Lafayette, PARIS
DOSE
Un verre à liqueur avant ou
après les deux principaux repas
Prix de la Bout.le 4f 50. 6 Bout.lles 21f

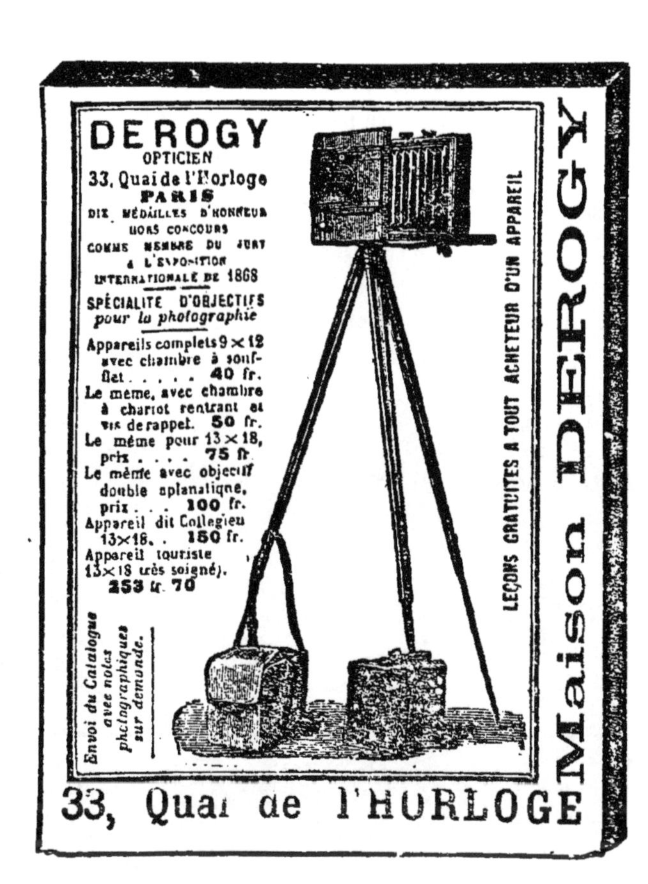
DEROGY
OPTICIEN
33, Quai de l'Horloge
PARIS
DIX MÉDAILLES D'HONNEUR
HORS CONCOURS
COMME MEMBRE DU JURY
à L'EXPOSITION
INTERNATIONALE DE 1868
SPÉCIALITÉ D'OBJECTIFS
pour la photographie
Appareils complets 9 × 12
avec chambre à souf-
flet . . . . 40 fr.
Le même, avec chambre
à chariot rentrant et
vis de rappel. 50 fr.
Le même pour 13 × 18,
prix . . . . 75 fr.
Le même avec objectif
double aplanatique,
prix . . . 100 fr.
Appareil dit Collégien
13×18 . . 150 fr.
Appareil touriste
13×18 très soigné).
253 u. 70
Envoi du Catalogue
avec notes
photographiques
sur demande.
LEÇONS GRATUITES A TOUT ACHETEUR D'UN APPAREIL
Maison DEROGY
33, Quai de l'HORLOGE

Une mère préservant ses enfants de la contagion des maladies épidémiques en brûlant du Papier d'Arménie.
A mother preserving her children from an epidemic by burning Armenian Paper.

FRANÇAIS

Le **Papier d'Arménie** est un antiseptique puissant qui vient d'obtenir la **Médaille d'argent** à l'Exposition d'Hygiène, Paris 1888. Ce *Papier*, en brûlant lentement, est le meilleur préservatif de la contagion des maladies épidémiques : *Variole, Croup, Choléra, Fièvres typhoïde, muqueuse, scarlatine*, etc. Il *purifie* l'air, chasse les miasmes, détruit les microbes, *assainit les chambres de malade*, soulage les affections des voies respiratoires, éloigne les moustiques, désinfecte *meubles, vêtements, linge, étoffes*, et parfume délicieusement. — Se trouve dans tous les kiosques et bazars orientaux de l'Exposition, dans tous les grands magasins de nouveautés de Paris, ou chez **A. PONSOT**, 30, rue d'Enghien, Paris, qui envoie franco contre mandat-poste 1 pochette 2 cahiers pour 48 usages, 0.75 — 1 boîte 6 cahiers pour 144 usages et brûleur, 1.75. — 1 boîte 12 cahiers pour 288 usages et brûleur, 3 fr.

ENGLISH

Armenian Paper is a powerful antiseptic and has just obtained a silver medal at the health Exhibition, Paris 1888. This paper, burnt slowly is the best preservative from contagion by epidemic diseases, such as : Small pox, Croup, Cholera, Typhoid and mucous fevers, Scarlatina, etc. It purifies the air, drines away miasma, destroys microbes, cleanses sick chambers, relieves affections of the respiratory organs, keeps musquitoes away, disinfects furniture, clothes, linen and stuffs, at the same time giving off a delightful perfume. — In all the kiosks and oriental bazaars in the Exhibition, and in all the great new's shops of Paris or at **A. PONSOT**, 30, rue d'Enghien who sends free of expense against a post-office order : 1 pocket containing 2 books for 48 uses : 75 centimes. — 1 box containing 6 books for 144 uses with a burner : 1 franc and 75 centimes. — 1 box containing 12 books for 288 uses with a burner : 3 francs.

A MARÉCHAL, RUCHON & Cie, Successeurs

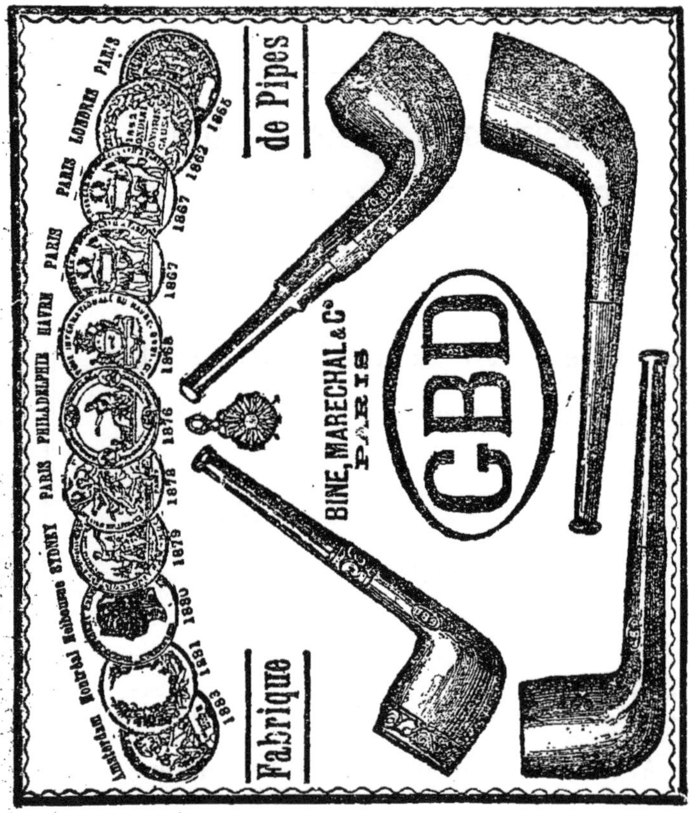

GROUPE 3 — CLASSE 29

ARTICLES EXCLUSIFS

Soie, **15 fr.** — Feutre, **12 fr.**

SEUL DÉPOT de toutes les 1res MARQUES

Usine à Brighton

Maison de Détail, **33, RUE TRONCHET**, PARIS

LOVE

35, Boulevard des Capucines, 35

SEULE MAISON A PARIS — FABRIQUE A LONDRÉS

Spécialité d'Articles de luxe — Grand choix d'Articles nouveaux créés spécialement pour la Maison

BROC A CHAMPAGNE FRAPPÉ

Breveté S. G. D. G.

Système LOVE

La glace, contenue dans le tube, se trouvant entièrement entourée du liquide, celui-ci est mieux frappé qu'avec aucun autre système trouvé jusqu'à ce jour.

Le tube se place et se fixe au moyen du système baïonnette.

Le Broc peut également servir pour bière ou autre boisson, et avec ou sans le tube.

PEPTO-FER

DU Dr JAILLET

CONTRE

ANÉMIE DIGESTIVE

ANÉMIE
d'ORIGINE RESPIRATOIRE

ANÉMIE
CONSOMPTIVE

ANÉMIE
PAR EXCÈS DE TRAVAIL
INTELLECTUEL ou CORPOREL

ANÉMIES
CONSÉCUTIVES AUX MALADIES AIGÜES

CONTRE LES MALADIES
DU TUBE DIGESTIF

Ainsi que l'attestent plus de 100,000 lettres émanant du corps médical aucune préparation ne peut être comparée au Pepto-fer du Dr JAILLET pour guérir l'ANÉMIE, la CHLOROSE, les PALES COULEURS, les MAUVAISES DIGESTIONS, et TOUTE DÉBILITÉ.

Mode d'Emploi : un petit verre à liqueur immédiatement après chaque repas.

Détail : dans toutes les Pharmacies,
Gros : H. SCHAFFNER, 58, rue de Douai — PARIS